歌集

歳月を積む

稲垣妙子

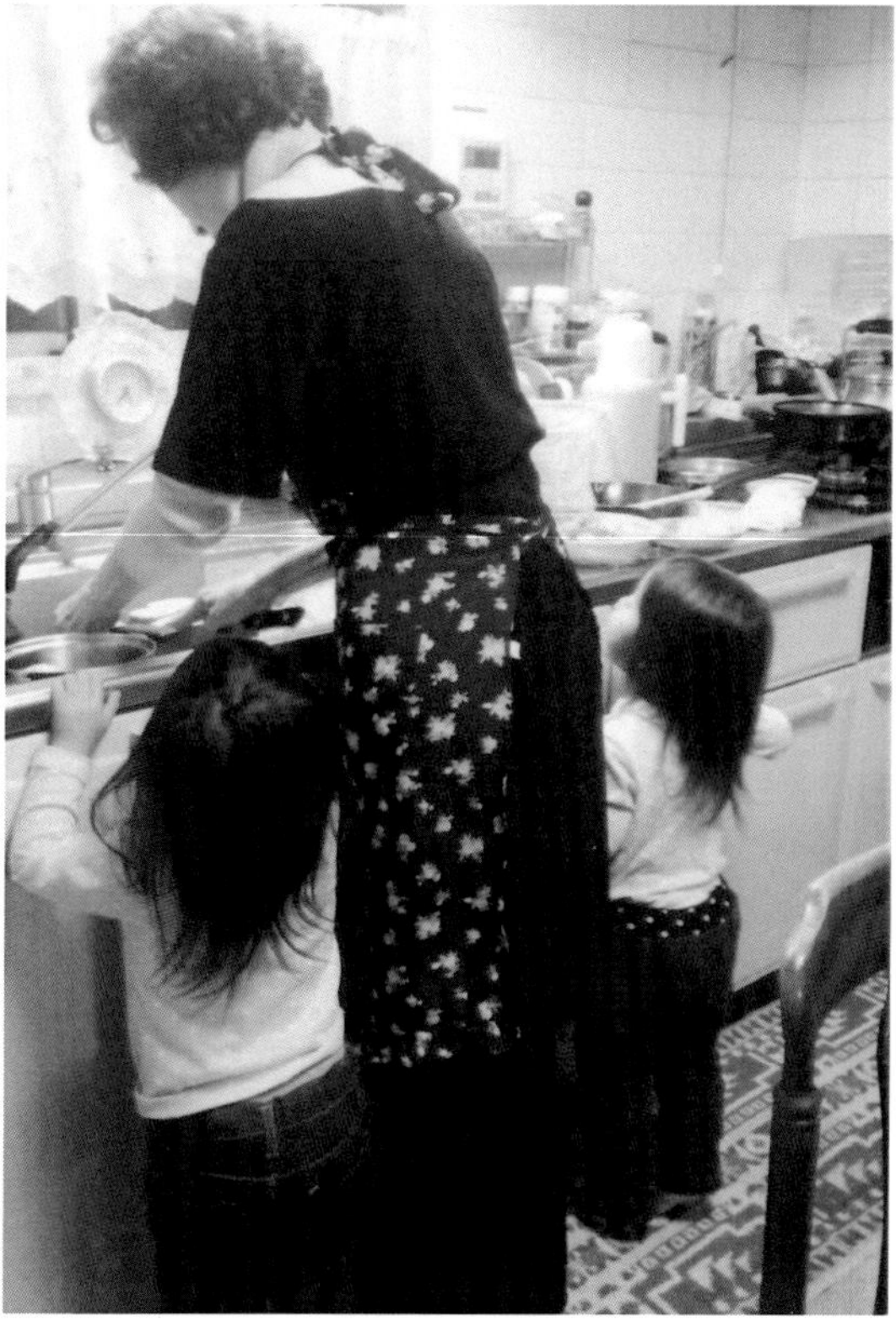

わが傍に
来たりてシンクを
覗き込む児は
いつ知らず
背伸びをせざり

妙子

歌集　歳月を積む　目次

日　輪　9
息　子　11
背を押されて　14
夫の退職　16
子の嫁　19
菜　園　22
五本指の靴下　25
嫁の家族　27
背番号3　30
わが家の慣ひ　32
余所行き　35
洗濯機　37
様々の見ゆ　40

仔　犬　43
先づ吊しおく　46
みどり児　49
専業の主婦　51
母の日　54
分　別　57
祖らのこころ　60
けふの色　63
過　程　66
その妻の国の言葉に　69
夫との馴れ初め　72
歳月を積む　76
早　春　79

切り札　81
われの種痘證　84
色留袖　87
金　婚　90
捨てたる言葉　93
だいぢやうぶ　96
紙の指輪　99
母の手つき　102
百円ショップ　105
後期高齢証　108
持ち得るメニュー　111
娘の生気　114
初　物　117

試　作　120
いつ知らず児は　123
マスク　126
日よう日　129
「寅」の一文字　132
鉛筆の芯　135
夫との暮らし　138

跋『歳月を積む』のために　奈賀美和子　141

あとがき　148

カバー・扉装画　新郷笙子

歌集　歳月を積む

日輪

たつぷりと墨ふふませて孫の書く「心に太陽」紙をはみ出す

日輪はけふの出来事つつむごと巨きくなりて今沈みゆく

十年を働きづくめの洗濯機しばしばきゅつと音上げ回る

さまざまの単位に示せど被災者のこころの痛みは数値には出ず

春キャベツ一枚一枚むきゆけば数式ひさに解きゆくごとし

息子

離れ住む息子ひさびさ帰り来てポトフ食みつつレシピを尋ぬ

帰省せし息子のシャツの綻びを縫はんとわれは久に針もつ

休日を一日残し帰りゆく息子《こ》は慣れたるか独り暮らしに

好物と知りゐて友の持ちくれし泉州の浅漬け惜しみつつ食む

秋祭り終はりたる今朝の静けさに木犀の花ひとときは匂ふ

思案するバザーの客にためらひつつ「如何ですか」と声かけてみつ

柔らかき冬の日差しを浴びながら声の朗らに人ら道ゆく

車椅子初めて押しゆく道すがら会話はづみて押す手の軽し

背を押されて

ママと呼ぶ幼き孫のこゑ聞こえ暑さ忘るる斯かるひととき

たまさかの一人の夕餉の味気なし今さらに思ふ亡き犬のレナ

「幸兵衛」の瑠璃色の釉に引き込まれ盛り皿五枚買ふと決めたり

いつせいに生命《いのち》いつぱい鳴く蟬に背《せな》を押されてウォーキングす

翅やぶれ地を這ふ蟬の幾たびも飛び立たんとするその音を聴く

夫の退職

「オーダーの背広はこれが最後かも」呟く夫に定年近づく

幼らの切りて形の揃はざる馬鈴薯まじる今夜のカレー

晩酌の手を止め夫はおもむろに退職の日をわれに告げたり

六丁目の役員となり初仕事に春の防犯ポスターを貼る

職退きし夫にゴルフの誘ひありて九月の予定程よく埋まる

わが票に変はる市政と思はねど家事切り上げて投票にゆく

痛ましき記事読みゆきて片隅の四コマ漫画にほつと息吐《っ》く

師の庭に咲きたる菊の花束の匂ひ漂ふ今日の歌会

子の嫁

纏まらぬ短歌《うた》ばかりなる此の日頃師の焦らずにの言葉身に沁む

香辛料の賞味期限を確かむる気になりながらも師走となりぬ

「恵方巻」捲きゆくわが手のぎこちなく母の細き指ふとも浮かび来《く》

子の嫁に決まりしひとに春らしき花の模様のスカーフ選ぶ

里芋の面取りすべてやり終へてこころもまろくなる思ひすれ

花嫁を迎ふるやうに雪柳枝を広げてわが庭に咲く

新しく家庭持ちたる子の茶わん水切り籠に今朝は残れる

訪ひくれて昼餉の支度共にせし嫁のエプロン秋空に干す

菜園

一坪に満たぬわが家の菜園に夫の培ふトマト色づく

取り置きし煮凝り使ひて母の味思ひ出しつつ卯の花を煮る

無事終へし運動会より娘《こ》は帰り園児らの成長つぶさに話す

新聞紙に卵くるみし日のありきこの透明のケースに思ふ

塊となりて響かふ蟬の声裏の山より朝が始まる

朝刊を小脇に夫は採りたてのトマト三つ四つ庭より持ち来

問ひたきこと娘《こ》に訊けぬまま今日もまた親とふ文字の成り立ち思ふ

わが畑の野菜の諸々不安なく日々食むことの斯かる喜び

五本指の靴下

花一つ付かぬ今年のあぢさゐの告げたきことの幾許あらんか

焼香の仕草にも似てひとつづつさつきの花殻わが摘みてゆく

わが思ひ閉ぢ込むるごと丹念に五本の指の靴下を履く

溜まりゆく袋の中のごみの類《たぐひ》わが家の日々の具体ともなふ

少しづつ目眩をさまり気に入りのエプロン付けて家事に勤しむ

嫁の家族

待ちくるる嫁の家族に会ふために六十歳《ろくじふ》過ぎてパスポートとる

国違へど溢れるばかりの手料理に不安消えゆく嫁の実家に

観光化されたる二〇三高地かつての弾丸ならべ商ふ

安重根《アンジュングン》の藁の草履が口閉づるごとく置かるるその独房に

絞首刑直視するごと輪にしたるロープ置く見ゆ嘗ての刑場

わが短歌《うた》を嫁の母国語に息子《こ》の訳せば何度も何度も頷き笑まふ

旅先にくつろぎながら帰宅後の明日つくる汁の具あれこれ思ふ

背番号3

皿洗ふわれを見つけて幼な児は袖口あげつつ走りて来たり

この夏の終はりを告ぐる蟬ならんひと声ながく鳴きて止みたり

朝の日が路上に出されし家々の袋のごみに差し込みてをり

古希すぎて野球の試合にゆく夫の背番号3晴れやかに見ゆ

神職の朗詠の声のびやかに三輪の御山に吸はれてゆきぬ

わが家の慣ひ

飼主の好みの服を着る仔犬嬉しきかなやとことこ歩く

朝早く節の料理に取りかかる訪ひ来る子らと嫁を思ひて

御祓の鈴の音色に清められ今年の一歩踏み出さんとす

新年《にひどし》を息子夫婦と迎へつつわが家の慣ひ続く思ひす

奥深く差し入る冬日に硝子器の凹凸ときのま虹のいろ生む

黴臭き餅を食みゐし杳き日に賞味期限を言ふ人なかりき

雛人形仕舞ひ了ふれば逗留の客いつせいに去りたるごとし

焼酎のお湯割りに柚子しぼり入れ夫は香りを楽しみてをり

余所行き

春物の背広の生地が入荷すと職退きし夫に案内とどく

人形のケースにかかる飾り紐兜の緒のごときりりと結ぶ

被災地の報道つづく映像に夕餉の献立ひと品へらす

草を刈るモーター音の轟きに今朝より止まぬ雨のおと消ゆ

剪定を終へたる庭木余所行きの姿となりてそれぞれに立つ

洗濯機

寒空にからだ寄せ合ふ猿の群に雪深からん故郷おもふ

風に向き凛と立ちつつ咲く水仙振り返るなと言はんばかりに

思ふやうにことの運ばぬこの日頃桜の開花北上はじむ

放物線のかたちを変へてゆくごとくカラーは花の縁をひろぐる

一把の法蓮草をほどきつつふともこの身の解くる思ひす

洗濯機取り替へたれば眠りゐる幼《をさな》確かむるごとく見にゆく

気の付けばリズムとるごと動きゐるおむすび握る右手の小指

わが裡に仕掛けあるごと気掛かりの消ゆれば忽ち晴れやかになる

様々の見ゆ

呪《まじな》ひをかくる思ひにこの朝も糠床ゆつくり掻き回したり

かたち無きものは如何にといつになく思ひてごみの分別をする

あぢさゐの花の折り方園児らに教へんと娘《こ》は一輪持ちゆく

じやんけんの「ぱあ」にこの名を覚えしとふパーキンソン病患ふ兄は

近隣のバザーの売り手引き受けて見なくてもよき様々の見ゆ

少しづつこびり付きたる諸々を取り去るごとく換気扇みがく

頑に口を閉づるがごとく見ゆ置物となる黒の電話機

お一人さま一点限りの呼び声に思はずわれは煽られて買ふ

仔犬

新しき包装なれどあの頃の「ビスコ」の坊やの笑顔変はらず

鶯の初音聞こえて濯ぎ物干す指先の緩びて来たり

登校の少年と交はす「お早う」に今朝の寒気の吹き飛びてゆく

花粉症楽しむごとく花柄のマスクつけたる人の過ぎ行く

売値また下げられてゐるこの仔犬今日も縫ひぐるみ銜へて遊ぶ

竹の子の皮じゅんじゅんに剝くごとき国会討論の中継を見る

ドライブに景色の一つと楽しみし大飯原発にこころの揺らぐ

継ぎ当てし時代知らずや若者は破るるジーパン好みて穿くも

先づ吊しおく

土にさしし青葱の根に二つ三つ蜥蜴の尻尾のごときもの出づ

自販機の内部たまたま開きゐてこころの裡を覗くごとのぞく

箪笥より出したる上着の畳み皺取り難きもの先づ吊しおく

乾ききらぬ洗濯物を取り込むに今朝の電話の気になり始む

二つ三つ鶏卵あれば食材の少なき今朝のこころ落ち着く

あだし野の石の仏のよだれ掛け未だ鮮《あたら》しき燃ゆる紅《くれなゐ》

酢の加減確かめながら作りたる大根なます姑《はは》の味する

夕食の片付け了ふる儀式のごと布巾洗ひてシンクに掛くる

みどり児

図らずも家事任されて入院の嫁の領域日々侵しゆく

預かりしマンションの鍵一つにも息子の家族の重みを感ず

この春の双子の孫の誕生にわが生命線伸びゆく思ひす

預かりし二人の息子の家の鍵思へば揺るる天秤のごと

会ふたびに愛しさの増すみどり児の仕草をなべてこころに留む

専業の主婦

朝食の準備に早きつかの間を指遊《おゆび》ばす影絵などして
初めてのメニューにあれど定型にをさめるごとく卓に並べる

梅雨晴れて窓開け放つ家内に許容の幅の広がる心地す

譲り受けし幼《をさな》の衣類箱のなかに慈しむごとく畳まれてをり

ふつふつと沸騰してゆく薬缶の湯思ひ出し切るごとく勢ふ

専業の主婦と答へし頃のわれ家事なるものの深さ知らずき

定年も解雇も言はれぬ主婦の座の有り難く思ふおほかたの日は

容器持ち豆腐買ひたる日のありき遺伝子組換へゆめ思はずに

母の日

変はりなき友の口調に五十年の空白たちまち埋まる心地す

外つ国より嫁ぎて四年経つ嫁に煮物の味付け任すこの頃

原発に隣接したる故郷の今年の若布友より届く

電子レンジの操作ミスの一つにも原発の事故咄嗟に浮かぶ

母の日に五人の子を持つ息子より届く花束腕《かひな》に重し

靴下を履かせやる時われと似る兄の小指を愛しみて見つ

登校を拒みし少年なりにしが休暇も取らずに勤めにゆくとぞ

御端折《おはしょ》りを整ふるごと手際よく贈答の箱つつむを見つむ

分別

高齢化わが近隣にも進みゐんバザーに並ぶ塗りの重箱

姉たちと記しし老母《はは》の介護ノート更地とならん生家に読み合ふ

ひと仕事了へたるごとき庭の木々電飾外され清々と立つ

見え難き分別なども相応に身に付きゆきて幼ら育つ

デパートの階めぐり来てこのわれに居心地好《よろ》しき食器の売り場

花芽より散りゆくまでを書き分くるサクラ桜さくらの文字に

白玉粉捏ねつつ加ふる水の量わが手触りに加減しながら

水いまだ冷たき夕べ思ひつき桜花《はな》のかたちの箸置きを添ふ

祖らのこころ

投票を済ませて夫との道すがら意中の人の名互みにふれず

麵の汁《つゆ》たつぷり作りてこころ充つ暑さ厳しき午後の厨に

推敲を重ねかさねてこの一首次第に思ひ離れてしまふ

積み上げて崩して再び積み上ぐる幼《をさな》の遊びのごときわが歌

重ねゐる椀と椀とのうすき和紙受け継ぎゆかん祖《おや》らのこころ

風邪に臥す嫁に白粥作るため水の加減を息子は問ひ来

住み手なき実家の売却頼む報に夕餉の煮物くたくたになる

墓参終へ立ち寄る生家いまは無く落ち合ひし駅に老姉《あね》と別るる

けふの色

裡なるもの置きゆくごとく帰りたり息子はビール飲み止しにして

浮かび来る諸々の思ひ文字にするも斯くも耑なきものとなりたり

乾し椎茸ゆるゆる戻して煮含めり母と語らふごとき思ひに

あぢさゐの花の移ろふけふの色に定まらぬ心ふつと救はる

厨辺の主のごとき冷蔵庫二十年経たる音のいとほし

合はせ酢の分量の載るこのページ折り目付けたるままに黄ばめり

ひさびさに夫にコーヒー点てながら妻とふ想ひややに増しゆく

主婦なるわれ何躊躇なく今朝もまた制服のごとくエプロン付ける

過　程

姑《はは》もまた同じ気持ちになりにしや息子の思はぬ昇進きさて

湧き出づるこころのままに詠ひたし大和の空のこの夕焼けを

電話口の息子のこゑの抑揚に落ち着きたらんこころを思ふ

ごみ箱の林檎の皮の香り立ち日々のもろもろ浄まるごとし

カレーの具とろりとろりと煮込みつつ一つになりゆく過程をのぞく

その記事の大小などに関はらず新聞紙として一つに括る

生前の退位にふるる御言葉に畳む新聞膨らみて見ゆ

身に付きし日頃の振舞ひ見るごとし配るティッシュを受け取る人の

その妻の国の言葉に

湯気の立つ蒸籠に掛けたる薄き布統ぶる力を持つがごとしも

傍らを飛びゆく鴉の羽搏きの重きその音まつぶさに聞く

酒に酔ひうたた寝しつつその妻の国の言葉に息子呟く

真つ黒の小さき丸薬陀羅尼助念じつつ飲む一粒ひとつぶ

和《あ》へたれば法蓮草と春菊の互みの味のいよよ際立つ

震災後の避難袋の傷テープ・電池などつい使ひてしまひぬ

五本指の靴下履くとき手を取りて案内《あない》するごと指《おゆび》にそはす

枝先に末枯れしままの梅の花無惨なるまで春の日を受く

夫との馴れ初め

小さき鰯指に開きて支度をす久に帰省の息子の好物

さながらに罪認めよと迫るごと胡瓜に塩ふり板摺りをする

聞こえくる夫と息子の弾むこゑ調理する手のしばしば止まる

和やかに時間流れて思はずも夫との馴れ初め話してしまひぬ

たまさかに横書きにするこの手紙こころに言葉の添はぬ思ひす

七日分まとめて購《か》ひたる食材を使ひ切ることそれが目標

ギラギラに直《ぢか》に西日の差し込みて炙り出さるるごときわが影

強がりを言ひたき時もあるだらう肩パッドの服処分せずに置く

毛筆の手書きの葉書届き来て忘れゆくもの留むる思ひす

歳月を積む

捨つるには惜しと息子の持ちてくる数多の品の置き所なし

炊き上ぐる飯《いひ》の一粒一粒がかの観音の面立ちに似る

新しきレンジの機能多けれど温むるのみに取り敢へず使ふ

機器からのそれぞれの音数多なり「ピーピー」「ピッピ」われを支配す

祝箸に今朝取り替へてエプロンを制服のごとくさらりと付ける

特別のこと何もなきこの日々に支へられつつ歳月を積む

さながらに心の砦のごとく見ゆ受験生の孫の大きマスクは

雨傘を差し掛け車椅子押す青年自らの背《せな》濡るるがままに

早春

ゆるゆると春に近づくごとく解く花のかたちの冷凍の和菓子

この年も雛《ひひな》の一行迎へんと部屋ととのふる佳き日えらびて

早春のわれらの会話はいつしかに玉筋魚《いかなご》のくぎ煮に盛り上がりたり

新玉葱の輝く皮膜のごときもの薬をくるむオブラートに似る

つぎつぎに百円ショップに買ひし物嫁は来るなり卓に広ぐる

切り札

亡き母に言はれゐしこと成程と思ふその度遺影に告ぐる

雨上がりあぢさゐの葉に光る露賜り物のごとくに見ゆる

履き来たる靴を幼《をさな》は丁寧に揃へて置きぬ左右違へど

しつかりとおはじき握りて寝入る児の一つまたひとつ指《おゆび》をほどく

切り札を持ちゐるごとく佳き歌をけふもさらりとあの人は出す

老人会の役を引き受けたる夫はわれより地域に溶け込むらしも

乾麺を茹でる頃合ひ二分半ひたすら秒針追ふ他のなし

わが料理食みてくれたる百歳のひとの器をすべすべ洗ふ

われの種痘證

何と無く哀へ感ずるこの日頃従き来る影を励まし歩む

亡き母の塗りの小箱に見つけたり七十年前のわれの種痘證

殊更に意見求めず語り継ぐ友は思ひのほとばしるまま

四十過ぎの娘は仕事に明け暮るる今年も半年過ぎてしまふに

自らを取り戻したる表情の少年やうやくマスクを外す

鬩ぎ合ふ泡はしばらく鎮まらず水注ぎたるグラスの中に

ブラウスの飾りのボタン際立つも老いゆくわれを照らしくるるや

九十歳《きうじふ》の頃より父は「もう」と「まだ」使ひ分けにきその時々に

色留袖

忙しとふ互みの事実が口実となりてゆきしや沙汰無き今の

朝刊の休みのけふはゆつたりと夫のひと日の始まりてゆく

躊躇なく豆腐は四角に切るものと思ひて子らを育てたりしや

この青きけふの秋天に思ひ馳す亡母《はは》と選びし色留袖に

おふくろの味と子の言ふひと品のわれにもあれよおでんを煮込む

母われの味しみ込めと今日もまたくつくつくつとおでんを煮込む

スーパーの散らし切り抜き幼な児とお店ごっこす夫も入りて

この冬の高値の大根一本を酢物に煮物に惜しみつつ食む

金婚

鶏肉を好まぬ理由《わけ》をわが干支に重ねて言ひ訳がましく答ふ

拝謁の叶はぬままに退位の日カウントダウンのごとく近づく

このわれの拠り所と思ひゐたりしに生家毀たれ故郷とほし

花の名におほよそ疎きわが兄の柩に溢れしむとりどりの花

嫂に佳き一生《ひとよ》なりと言ひのこし逝きたる兄よわれは嘆かじ

程々の距離を保ちてゐる故か猶よく見ゆる様々のこと

香辛料好まぬわれと好む夫ともあれこの春金婚迎ふ

ゼラチンを溶きて固めてゆくごとく作られてゆくわれかと思ふ

捨てたる言葉

久々に薄きストッキング穿きたれば心の緩み引き締むるごとし

聞きながら何か違ふと思ふなり確たる考へ持つにあらねど

積み置きし古新聞に大きなる甘藍つつむ丸きにそひて

帳面の消しゴムの滓散らばるを捨てたる言葉思ひて眺む

入れ替はることなく上より順々に黒、赤、青の鯉のぼり泳ぐ

主婦といふ役割降りればこのわれに何が残るや芋の皮剝く

兄逝きて書類いくつに押す実印押すたびこころ定まりてゆく

会はぬ間の体調語らふ齢《よはひ》なり変はらないねの言の葉嬉し

だいぢやうぶ

「ぶ」に力入れて常言ふ「だいぢやうぶ」唱ふるやうに念ずるやうに

お絵描きに散らしの裏を差し出せば怪訝な顔す五歳の孫は

右左《みぎひだり》利き手こだはらぬ昨今なり子の左利き無理に直しき

喜怒哀楽混じらふごとき蟬の声ことさら今朝はしみじみと聴く

極端に薬厭ひてゐし嫁は生命《いのち》もらひて医師に従ふ

四十日目に意識の戻りたる嫁は息子《こ》に問ふ明日炊く米のあるかと

自転車のリムの錆びたる一所《ひとところ》なほ攻めるごと夏の日の射す

ぴくぴくと動かす兄のその耳に話せずなりき早や一周忌

紙の指輪

下糸の無きに気付かずミシン踏み針あと呟きのごとき点々

気を遣ひ為したることの大凡は独り善がりになるやもしれず

今日のこの鬆入りの牛蒡如何にせん如何にせんとて時間《とき》の過ぎゆく

こともなくスマホの画面滑らせる老いたる人の指先見つむ

女童は「お似合ひです」と言ひながら紙の指輪をはめてくれたり

捨て難き一首の思ひを今宵こそ結実させんとわれは苦しむ

卓上の白きナフキン解きゆくに手品のやうに鳩の飛び出ず

取り分けたるおやつの幾つこの次は自由に選《と》らせん双子の幼に

母の手つき

キヨスクがコンビニとなり故郷の銘菓のいくつこの駅に見ず

「ただいま」玄関に弾む嫁の声われは嬉しもどんなことより

惣菜の売り場あれこれ主婦われは具材と値段ついつい気になる

綻びに針を進めて返し縫ふ母の手つきを思ひ出しつつ

「あなたには知らせておきたい」さう言ひて今の容態友は告げたり

手のひらに載せたる豆腐を切るわれに「痛《いた》つ」と言ひて幼は目を閉づ

口元をこじ開け刺ししか竹串に連なる鰯《いわし》ろに外す

行く道にたまたま出会ひし老いし人の朝の挨拶声に張りあり

百円ショップ

落し物捜す思ひに顧みつ常より話し過ぎたる今日は

バタフライに鍛へし夫の肩あたりセーター姿の今は嵩無し

そのうちにと言ひつつ止めざりし喫煙を息子は断ちたり発病を機に

手軽なるペットボトルを持ち歩き喉うるほすも憚らずなりぬ

探しつつ巡るも楽し百円とふ同じ価格に並ぶ品々

それなりの思ひに購ふ大方の百円ショップの品に満たさる

一葉のキャベツに巻き込む種々《くさぐさ》の口塞ぐごと爪楊枝に止む

逆上がりの姿の浮かび来るごとく長袖トレーナー竿に干したり

後期高齢証

もしかしての思ひ外れてこの度もわれの甘さに気付かされたり

手触りの僅かに違ふ感じのす増税されたるポリラップさへ

店頭に菓子など並ぶドラッグストア同じ様なる店ばかり増ゆ

ひとたびも名刺持たざるこのわれの証のごとき後期高齢証

双子の孫の利き手異なるそれぞれの幼き仕草われは楽しむ

甘藍の外側の葉の固しかたし見守り呉れし父母のやうなり

すれ違ふ数多の車に注連飾り見ることのなしこの年もまた

鉛筆の禿びたるに付けし補助の軸抽斗に見つく捨て難きかな

持ち得るメニュー

口数の少なき十五歳《じふご》の女《め》の孫をみすゞの「積つた雪」読むたび思ふ

コロナ禍に自粛の四月《よつき》春節に里帰りせし嫁未だ戻れず

「茶碗蒸し作れるものだね」撮りたりしスマホを見する息子照れつつ

心地よき声つきゆゑか耳遠き義父《ちち》が笑ひぬ孫の話に

流し台の排水口に残る飯《いひ》わがこだはりの潤ぶるに似ん

眼前の席譲るごと言ひ出しの重なりし人「どうぞ」とぞ言ふ

収束のとほきコロナ禍主婦われの持ち得るメニュー使ひ切りたり

週毎のコールセンターへの注文にマニュアル感ぜずけふの受け手に

娘の生気

例ふればこし餡に粒の少し残るさういふ歌をわれ詠ひたし

デザインに時代を思ふこの服を未だ愛用す旧友のごと

冷蔵庫に節の食材詰め込めば何んとは無しに息苦しかり

出来事の渦中を過ぎて淀みなく今は話せるその経緯《いきさつ》を

熱出でて夫に頼む昼支度レンジの音の幾度ひびく

この幾年孫の放さぬマスクなれどウイルス騒ぎに街に紛るる

少女期の夢の叶ひて日々励む娘の生気今朝もいただく

肉筆に書き手のイメージ感じつつ三十一文字をパソコンに打つ

初　物

散りてくる桜ひとひら掌に受ける思ひのほかに湿り気のあり

生きてゐる証のごとく蟬の鳴く言葉少なしマスクのわれは

初物の無花果分け合ふ夫とわれコロナ禍の報見つめながらに

コロナ禍に外出ひかへるここ幾月合言葉になる「落ち着いたらね」

道の上の白きマスクは幾日経てわがこころより離れゆきたり

子のほかに母さんとわれを呼びくれし娘の友の訃報が届く

針金の鳥にそはせる柘植《つげ》の木が今年やうやく翼ひろげる

孫たちの怪我せぬやうに角々に当てたりし布のすり切れ残る

試作

厨辺に隈なく差し込む春の日はわれの手抜きを暴くがごとし

新しきミシンの試作に取敢へずウイルス遮るマスクを作る

六歳の双子の孫に書く手紙意外と難し平仮名のみは

帰りきてマスク外せばやうやくに掟解かるる思ひの兆す

さながらに主張するごとあぢさゐは日々に花の輪広げゆくなり

髪の質異なる二人のわが息子会ふたび白きものの増ゆるも

雛祭りに三人官女に装ひし幼どち二人いかにいますや

カレーライスかライスカレーか騒ぎゐし子ら思ひ出づ鍋混ぜながら

いつ知らず児は

儘ならぬ事の幾つか世の所為とも誰かの所為とも思ひてしまふ

近隣に気の合ふ友の出来しとぞ八十《はちじふ》歳過ぎの姉の声弾む

眩しくて雨戸一枚開けざれば舞台のワンシーンのごとく振る舞ふ

わが傍に来たりてシンクを覗き込む児はいつ知らず背伸びをせざり

向かひ家の前に散らばる生ゴミの見てならぬもの見たる思ひす

ハンバーグの具材混ぜつつ言ふべきこと言へる娘との交はり思ふ

庭の柿今年初めて実りたりコロナ禍に嫁の帰国待つなか

老い姉よりわれに譲られしこの指輪まれまれに亡母《はは》のはめてゐしもの

マスク

自づから時短を決める主婦のわれ今日のカレーは大鍋に煮込む

腰痛の和らぐ今朝は常よりも娘の弁当楽しみて作る

浪人の息子の進路の決定に嫁の目元の緩みて見ゆる

叶ふなら思ひの限りに言ひたきに抑ふる力となるかマスクは

個々の思ひ纏むるに似て炒めたる具に水溶きの片栗粉加ふ

服用の薬つつみてゐたる紙に孫と遊びぬ鶴など折りて

嫁ぐ時携へたりし米穀通帳使はぬままに五十年過ぐ

「もういいよ」幼の声にその場所を知りつつしばらく捜す振りをす

日よう日

とほき日の「女らしさ」の母の躾いま性差別と取り上げらるる

元日の慣ひの祓《はらへ》も子や孫と集ふ宴もコロナ禍に絶たる

久々の顔《かんばせ》やさし懇ろに常なる位置にかざる雛《ひひな》の

コロナ禍に帰国叶はぬ嫁を待つ子の靴下の足裏が透く

試合了へダッグアウトにて一礼する選手の一面たまたまに見つ

二回目のワクチン接種終へたればノルマ果ししごとき思ひす

習ひたるばかりの漢字の「日《にち》よう日《び》」孫はルビ振りわれに教ふる

乗り継ぎて孫も息子の行きつけのわが家近くの床屋に通ふ

「寅」の一文字

包丁を扱ふ気持ちのやや違ふキャベツのザク切りキャベツの繊切り

割烹着付けたる今朝は母うかび家事懇ろに運びゆきたり

2Bの鉛筆に書く草稿のわれを誘ふ先へ先へと

雨上がり鳴き始めたる蟬のこゑ待ちわびる児ら飛び出してゆく

祖母われさへマスクに隠れて八歳の双子の女児の見分け難しも

動きゐる青虫袋に入れて捨つ思はず知らず掌を合はせつつ

いつしかに書きゆく賀状の毛筆の勢ひ弱まる「寅」の一文字

銘店の袋に持ちゆくを戸惑ひぬわが手作りの菓子を分くるに

鉛筆の芯

節料理に孫の好みも取り入れて煮染め減らしてたつぷりのおでん

家族みな揃ひてくつろぐ三箇日胡座《あぐら》組む息子《こ》ら久々に見つ

父母逝きて生家毀《こぼ》てど友よりの雪の便りに古里近づく

われよりも手つきよろしき嫁と作る恵方巻諦むコロナ禍ゆゑに

「ばあちゃんが泣くからかなしい」孫言ひぬ絵本読みつつ涙するわれに

下脹れの雛《ひひな》の面にあどけなき少女の頃の子の顕つごとし

削りたる鉛筆の芯つんと立ち時に怠るわれを促す

唐突に短歌のノート開くわれに「思ひ付いたのか」夫の尋ぬる

夫との暮らし

感染に隔離されたる子の一家に今日の手料理玄関に置く

家々の味付け異なるこそよけれスマホにレシピ覗きたれども

助詞一つ変へたるのみにこの一首誂へもののごとくに馴染む

さりげなく気遣ひくれし同郷の同年の友先に逝きたり

運針の長さ競ひしとほき日よ裾まつりつつ思ひ出したり

唐突に今から行くと息子《こ》の電話わが細胞をあれこれ急かす

二つばかりのみかんのおまけに先日の腐りし玉葱言ひそびれたり

干し方にこだはるわれと乾きたれば同じとぞ言ふ夫との暮らし

跋『歳月を積む』のために

奈賀　美和子

著者稲垣妙子さんが私達の歌会に参加されて、十四、五年が経った。今では、代表として、また詠草係として、会を支えて下さる無くてはならない大切なメンバーのお一人である。

当初は、日々の暮らしをやや輪郭的に捉えたものを提示されていたが、程無く「短歌をつくる心」の何たるかを理解されて、実に目に見えるような速さで作品を深めていかれた。

詠う対象は決して広くはないが、何気ない日常の中に歌の素材のあることや、人の見ていて、人の注意しなかったものの奥にある見えないものを掬い上げて、我々に気づかせてくれることも、しばしばとなった。

日輪はけふの出来事つつむごと巨きくなりて今沈みゆく

雛人形仕舞ひ了ふれば逗留の客いつせいに去りたるごとし
少しづつこびり付きたる諸々を取り去るごとく換気扇みがく
近隣のバザーの売り手引き受けて見なくてもよき様々の見ゆ
自販機の内部たまたま開きゐてこころの裡を覗くごとのぞく
重ねゐる椀と椀とのうすき和紙受け継ぎゆかん祖《おや》らのこころ

先ず、今も覚えている初期の佳品を抄出した。「見ることは思うこと」である手触りのようなものを得た作品である。
短歌を作るために、物を見ることとの大切さを知り、やがて、短歌を作ることによって、物がよく見えるようになったことを、私は、その頃の作品に毎回のように感じた。

この一冊は、主に専業主婦として二男一女を育てられ、現在は、近隣に住む五人のお孫さんが、足繁く訪ねてくれる生活の中での〝心うごき〟を、懇ろに慈しみをもって掬い上げている家族詠である。ご家族の一人一人が互いに思い遣りの心を持って、硬く結ばれていることが作品にも顕著である。

〈孫〉

見え難き分別なども相応に身に付きゆきて幼ら育つ

履き来たる靴を幼《をさな》は丁寧に揃へて置きぬ左右違へど

わが傍に来たりてシンクを覗き込む児はいつ知らず背伸びをせざり

習ひたるばかりの漢字の「日《にち》よう日《び》」孫はルビ振りわれに教ふる

「ばあちゃんが泣くからかなしい」孫言ひぬ絵本読みつつ涙するわれに

主に、末のお孫さんである双子の姉妹の姿が、愛らしく生き生きと描写されている。

〈子〉

母の日に五人の子を持つ息子より届く花束腕《かひな》に重し

裡なるもの置きゆくごとく帰りたり息子はビール飲み止しにして
酒に酔ひうたた寝しつつその妻の国の言葉に息子呟く
風邪に臥す嫁に白粥作るため水の加減を息子は問ひ来
少女期の夢の叶ひて日々励む娘の生気今朝もいただく

五人の子を持つ息子さん、国際結婚をされた息子さん、独身の娘さんを詠った作品の背後には、一人一人に心を配る母としての作者の姿が浮かび上がる。

〈嫁〉
子の嫁に決まりしひとに春らしき花の模様のスカーフ選ぶ
国違へど溢れるばかりの手料理に不安消えゆく嫁の実家に
図らずも家事任されて入院の嫁の領域日々侵しゆく
外つ国より嫁ぎて四年経つ嫁に煮物の味付け任すこの頃
「ただいま」玄関に弾む嫁の声われは嬉しもどんなことより

ここでも、作者の一方的心情の表現ではなく、相手の心情を推し測っての思いが内包されている。

〈夫〉

「オーダーの背広はこれが最後かも」呟く夫に定年近づく

古希すぎて野球の試合にゆく夫の背番号3晴れやかに見ゆ

香辛料好まぬわれと好む夫ともあれこの春金婚迎ふ

唐突に短歌のノート開くわれに「思ひ付いたのか」夫の尋ぬる

干し方にこだはるわれと乾きたれば同じとぞ言ふ夫との暮らし

夫君との暮らしにも、少しの擦れ違いをむしろ楽しむような描写に、日々の幸せな様子が伝わる。

〈われ〉

専業の主婦と答へし頃のわれ家事なるものの深さ知らずき

定年も解雇も言はれぬ主婦の座の有り難く思ふおほかたの日は
主婦なるわれ何躊躇なく今朝もまた制服のごとくエプロン付ける
主婦といふ役割降りればこのわれに何が残るや芋の皮剝く

専業主婦としての日々に満足し、心を尽くしている作品である。そんな中に、

ゼラチンを溶きて固めてゆくごとく作られてゆくわれかと思ふ
躊躇なく豆腐は四角に切るものと思ひて子らを育てたりしや

等の作品が混じるようになった。日々の肯定のみでなく、自己を顧みるこれらの作品を目にすると、また一つ、これからの作品の深まりが楽しみになってきた昨今である。

標題の『歳月を積む』は、「特別のこと何もなきこの日々に支へられつつ歳月を積む」からの命名である。何事にも心を尽くして立ち向かう作者の、その結果ばか

りを望むのではなく、「特別のこと何もなき日々」が、如何に掛け替えのない大切な日々であるか、時代の現実に気づいている作品である。

ここに、日々を慈しみ、自己を深め続けた、永年の営為の集成であるこの一冊のご上梓を心よりお慶び申し上げる。

二〇二三年　三月吉日

あとがき

振り返ってみますと、母が亡くなり、その後父も私の還暦の前にこの世を去りました。空虚な日々に、これ迄目に止まらなかった地域の短歌会の会員募集に心が動き、入会を決めました。

会には指導者が居られず、短歌・俳句・川柳と思い思いの作品を持ち寄る和気藹々とした会で、三年余りお世話になりました。

この会の友人より、奈賀美和子先生ご指導の歌会を紹介して頂き、二〇〇八年「こくりこの会」に入会し、現在もお世話になっています。

月一度の歌会は、先生の的確なご指導とお仲間の熱心なコメントに緊張しつつも、この充実感に時間も忘れる程です。

二〇一一年には「星座α」に参加し、多くの素晴らしい作品によき刺激を受けています。もっと広い視点から詠いたいと思いながらも結局は、身のまわりの生活の歌に落ち着きがちの、この代り映えの無い歌を、丁寧に掬い上げ、導いて下さる先生のお言葉が私の励みとなっております。

いつの日にか、歌い留めました歌を一冊に纏められたらと思っていましたが、願いが叶い、此の度第一歌集を上梓する事となりました。

嬉しく、有り難いこの気持ちを大切に、これからも一日一日を重ねてまいりたいと思っています。

歌集上梓にあたりまして、先生には、ご多忙のなか、選歌・構成・表題の命名、跋文と数々のご指導やご配慮を頂き心より感謝申し上げます。

最後になりましたが、「星座α」の選者の方々をはじめ、歌友の皆々様、紅書房の菊池洋子様に心よりお礼申し上げます。

二〇二三年　桜咲く日に

稲垣　妙子

著者略歴

稲垣妙子（いながき　たえこ）

一九四五年　京都府舞鶴市に生まれる

一九六八年　大阪府堺市に移る

二〇一一年　「星座α」入会　現在に至る

歌集　歳月を積む　奥附

著者　稲垣妙子＊発行日　二〇二三年七月二十九日初版

発行者　菊池洋子＊印刷所　明和印刷＊製本所　新里製本

発行所　〒170-0013　東京都豊島区東池袋五-五二-四-三〇三

紅（べに）書房　info@beni-shobo.com　https://beni-shobo.com

電話　〇三（三九八三）三八四八

FAX　〇三（三九八三）五〇〇四

振替　〇〇一二〇-三-三五九八五

落丁・乱丁はお取換します

ISBN978-4-89381-361-9